1 2 3 4 5 (14304)
ISBN 3-215-11613-8

Anton Tschechow

Kaschtanka

Illustriert von Gennadij Spirin

Nacherzählt von Sybil Gräfin Schönfeldt

Esslinger

Auf dem verschneiten Bürgersteig lief eine junge Hündin unruhig hin und her. Manchmal blieb sie stehen, winselte, hob bald die eine, dann die andere verfrorene Pfote und versuchte zu begreifen, wie sie sich hatte verlaufen können.
Der Tag war wie immer gewesen: ihr Herr, der Tischler Luka Aleksandritsch, hatte sie zum Abliefern der fertiggestellten Arbeiten mitgenommen. Der Weg zum Kunden war weit, und der Tischler mußte sich oft in einer Kneipe stärken. Auf dem Heimweg schaute Luka noch bei seiner Schwester herein. Als es anfing dunkel zu werden, war der Tischler sturzbetrunken.

Da schmetterte plötzlich Musik. Ein Regiment Soldaten marschierte vorbei, und Kaschtanka sprang vor Schreck zur anderen Straßenseite. Als die Musik verklang, war der Tischler verschwunden. Unterdessen schneite es, und Kaschtanka drückte sich verzweifelt an eine Haustür und winselte bitterlich. Während der Schnee sie langsam zudeckte, schlief sie vor Erschöpfung ein.
Plötzlich trat ein Mann aus der Tür und fragte erschrocken: „Ach du ärmster Hundeköter, hab ich dir weh getan?"

Kaschtanka sah einen dicken kleinen Mann mit rundem, glattrasiertem Gesicht in Zylinder und offenem Pelz. Sie hörte die Freundlichkeit in seiner Stimme, leckte ihm die Hand und winselte noch kläglicher.
„Du bist ja ein komisches Kerlchen", sagte der Fremde, „siehst aus wie ein Fuchs! Nun gut, komm also mit. Vielleicht kann man dich zu etwas gebrauchen."

So fand sich Kaschtanka schon eine halbe Stunde später in einem großen hellen Raum wieder und schaute zu, wie der Unbekannte zu Abend aß. Sie bekam so viel von ihm ab, daß sie satt und schläfrig wurde. Während er gemütlich seine Zigarre rauchte, wedelte sie mit dem Schwanze und dachte darüber nach, wo es schöner sei – bei diesem Unbekannten oder beim Tischler und seinem Sohn Fedjuschka. Bei dem Unbekannten war die Wohnung fast

leer, beim Tischler gerammelt voll. Er hatte einen Arbeitstisch, eine Werkbank, Hobelspäne, Hobel, Stemmeisen, Sägen, einen Käfig mit einem Zeisig und vieles mehr. Beim Unbekannten roch es nach gar nichts, beim Tischler dagegen wunderbar angenehm nach Leim, Lack und Spänen. Dafür gab es beim Unbekannten viel zu fressen, und er hatte sie kein einziges Mal angeschrien.

„Was geht hier vor?"

Nachdem der neue Herr seine Zigarre aufgeraucht hatte, holte er eine Matratze, löschte das Licht und ging hinaus. Kaschtanka streckte sich aus und schloß die Augen. Sie dachte daran, wie der Tischler hobelte oder laut die Zeitung las, während Fedjuschka mit ihr zu spielen pflegte. Er zerrte sie an den Hinterpfoten unter der Werkbank hervor, ließ sie auf den Hinterpfoten laufen, Tabak schnupfen und zog sie kräftig am Schwanz.
Als sie erwachte, war es schon hell. Kaschtanka streckte sich, gähnte und machte einen Rundgang durchs Zimmer: im Nachbarraum schlief der Unbekannte von gestern unter einer Flanelldecke. Eine weitere Tür führte in ein kleines Zimmer mit schmutzigen Tapeten. Als sie dort eintrat, kam zischend ein grauer Ganter mit gespreizten Flügeln auf sie zu. In einer Ecke lag ein weißer Kater. Als er Kaschtanka erblickte, sprang er auf, machte einen Buckel und sträubte das Fell. Kaschtanka bellte laut und jaulte auf.
„Was geht hier vor?" fragte ärgerlich der Unbekannte, der von dem Lärm erwacht war. Er trat ins Zimmer, im Morgenrock, gab dem Kater einen Klaps und fragte streng: „Fjodor Timofeitsch, was soll das heißen? Hinlegen!" Und dem Ganter rief er zu: „Ivan Ivanitsch, Platz!"
So lernte Kaschtanka ihre neuen Hausgenossen kennen und bekam von ihrem jetzigen Herrn einen anderen Namen: Tjotka, was auch Tante heißt.

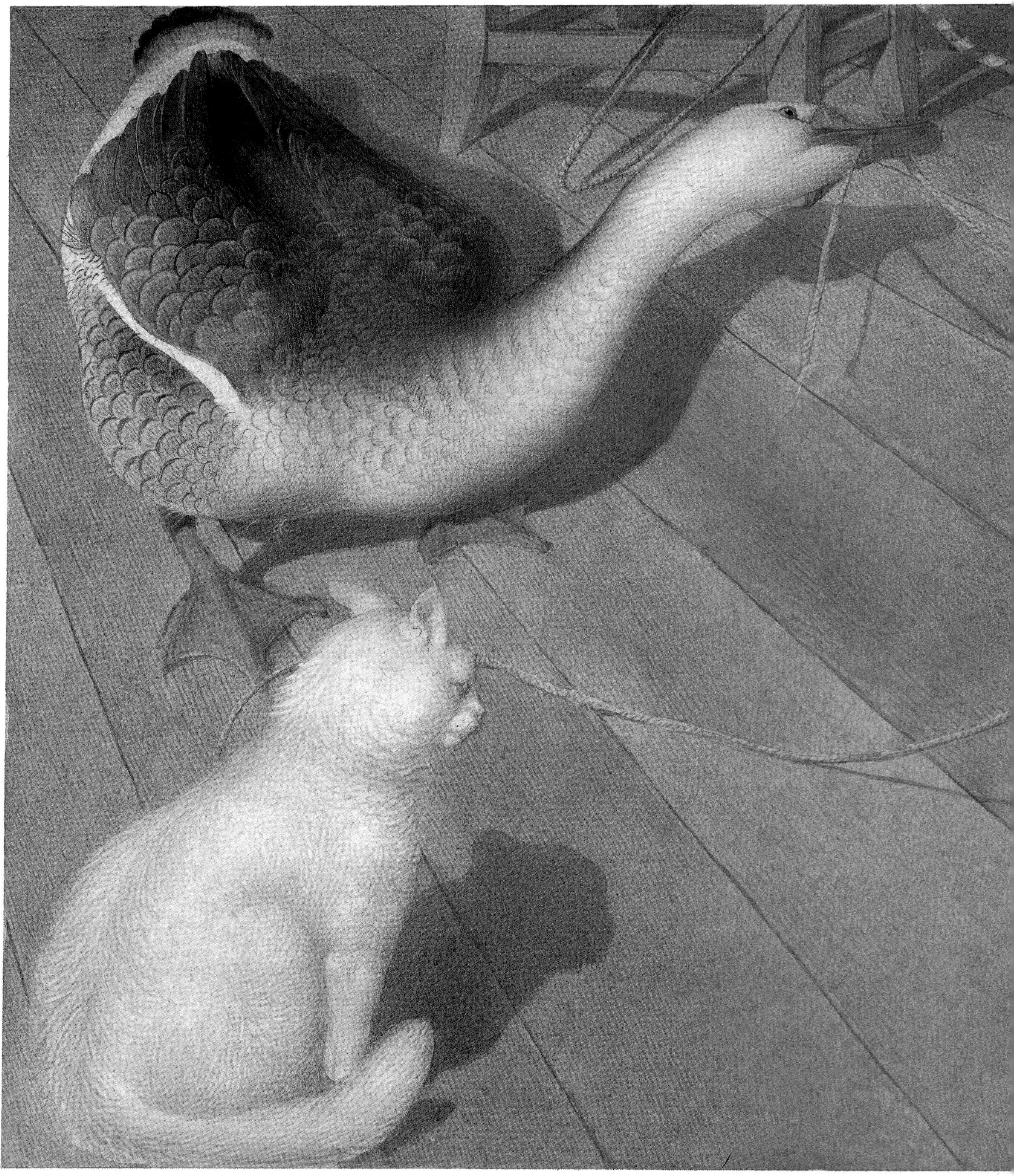

Etwas später kam der Unbekannte mit einem seltsamen Ding aufs neue herein. Vom Querbalken eines hölzernen Galgens hingen eine Glocke und eine Pistole herab. Vom Klöppel der Glocke und vom Hahn der Pistole baumelten dünne

Schnüre. Der Unbekannte stellte den Galgen in die Mitte des Zimmers, und Tjotka verfolgte erstaunt, wie der Ganter auf Befehl des Herrn Theater spielte und die Glocke läuten und die Pistole knallen ließ.

Nachdem der Herr den Ganter und sich selbst mit genug anderen Kunststücken herumgehetzt hatte, wischte er sich die schwitzende Stirn. Dann grunzte es, die Tür ging auf, und eine alte Frau ließ ein schwarzes, häßliches Schwein herein. Ohne von Kaschtankas Knurren Notiz zu nehmen, schnüffelte das Schwein an ihr und grunzte wieder fröhlich. Der Herr räumte den Galgen fort und rief: „Fjodor Timofeitsch, darf ich bitten?“

Der Kater erhob sich und trat träge, als täte er jemandem einen Gefallen, auf das Schwein zu.

„Fangen wir mit der ägyptischen Pyramide an“, sagte der Herr. „Eins zwei drei!“

Bei drei schlug Ivan Ivanitsch mit den Flügeln, sprang dem Schwein auf den Rücken, und der Kater dem Ganter, und der dicke kleine Mann ließ sie so lange im Kreis laufen, bis keiner mehr vom anderen fiel.

So vergingen die Tage, so verging ein Monat. Der Herr fuhr abends gewöhnlich aus und nahm den Ganter und den Kater mit. Tjotka blieb auf ihrer Matratze allein und wurde immer trauriger. In ihren Träumen tauchten zwei undeutliche Gestalten auf, vielleicht Hunde, vielleicht auch Menschen. Tjotka wedelte mit dem Schwanz, und ihr schien, sie habe sie irgendwann schon gesehen und sehr lieb gehabt. Wenn sie dann einschlief, spürte sie einen Geruch von Leim, Hobelspänen und Lack.
Eines Tages begann der Herr, auch sie zu einer Artistin zu machen. Sie lernte auf den Hinterbeinen gehen und stehen, was ihr außerordentlich gefiel. Sie lernte flink und brach bei jedem gelungenen Kunststück in ein lautes begeistertes Bellen aus. Ihr Lehrer geriet ebenfalls in Begeisterung und rieb sich die Hände. „Ein Talent! Ein Talent!“ sagte er. „Du wirst bestimmt Erfolg haben!“

Dann kam eine Nacht, da war es im Zimmer still, dunkel und stickig. Nebenan ließ der Herr einen lauten Seufzer hören, eine Weile später grunzte das Schwein in seinem Verschlag, und alles war wieder still. Plötzlich erklang in der Nähe ein seltsamer Schrei, der Tjotka zusammenfahren und aufspringen ließ. Es war Ivan Ivanitsch, der geschrien hatte, wild, durchdringend und fremd. Dann hörte man das Schlurren von Pantoffeln, und der Herr betrat, im Morgenrock, eine Kerze in der Hand, das Zimmer. Helles Licht ergoß sich auf Ivan Ivanitsch, der am Fußboden saß, die Flügel spreizte und den Schnabel aufsperrte.

„Ivan Ivanitsch, was hast du?" fragte der Herr den Ganter. „Weshalb schreist du? Bist du krank?"

Der Ganter schwieg, und der Herr ging mit dem Licht wieder hinaus.

Tjotka fürchtete sich. Der Ganter schrie nicht mehr, ihr kam es jedoch so vor, als stehe ein Fremder im Dunkeln. Auch Fjodor Timofeitsch war unruhig. Tjotka hörte, wie er sich auf der Matratze hin und her wälzte.

Dann glommen zwei matte grüne Punkte neben Tjotka auf. Zum ersten Mal seit ihrer Bekanntschaft kam Fjodor Timofeitsch zu ihr. Tjotka leckte seine Pfoten und brach in leises, winselndes Heulen aus.
Da schrie Ivan Ivanitsch abermals.
Wieder öffnete sich die Tür, und der Herr kam, die Kerze in der Hand, herein. „Er stirbt, Tjotka!" sagte der Herr und rang die Hände. „Armer Ivan Ivanitsch! Dich, liebe Kreatur und guter Gefährte, gibt es nicht mehr. Wie soll ich ohne dich auskommen?"
Als es im Zimmer wieder ganz hell war, kam der Hausknecht und trug den Ganter weg. Eine kleine Weile später erschien die Alte und schaffte auch seinen Futtertrog hinaus. Bald darauf betrat der Herr das Zimmer mit den schmutzigen Tapeten, rieb sich die Hände und sagte: „Heute nehme ich Tjotka und Fjodor Timofeitsch mit. Du wirst bei der ägyptischen Pyramide Ivan Ivanitsch ersetzen, Tjotka. Jetzt schon! Viel zu bald! Wir müssen noch proben, sonst werden wir uns blamieren!"

Tjotka erlebte wie im Traum, wie sie in den Schlitten stiegen und vor einem großen sonderbaren Haus wieder ausstiegen. Dann schritten sie durch lichterfüllte Räume, vorbei an vielen Menschen und unbekannten Tieren, bis sie in eine kleine Kammer kamen. Dort verwandelte sich der Herr in einen Mann mit schneeweißem Gesicht, roter Nase und großem lachenden Mund. Er setzte sich eine Perücke auf und stieg in merkwürdige Kleider. Dann küßte er seine beiden Tiere, ließ sie in einen Koffer steigen, und alles war dunkel.

Tjotka konnte vor Angst keinen Ton hervorbringen. Der Koffer schaukelte wie auf Wellen und bebte. Dann ertönte ein lautes und dumpfes Brüllen. Man hörte, wie geklatscht wurde, und der Herr beantwortete das Brüllen mit einem kreischenden Lachen – so lachte er zu Hause nie. „Ha!“ rief er aus, „verehrtes Publikum! Ich komme soeben vom Bahnhof. Meine Großmama hat mir eine Erbschaft hinterlassen. Im Koffer ist etwas sehr Schweres – sicher Gold – machen wir mal auf und sehen nach...“ Der Koffer klappte auf, grelles Licht stach Tjotka in die Augen. Da hörte man irgendwo im Publikum ein lautes „Ach!“, und eine Kinderstimme rief: „Vater! Das ist doch Kaschtanka!“ „Tatsächlich, Kaschtanka!“ bestätigte die zittrige, dünne Stimme eines Betrunkenen.

Tjotka zuckte zusammen und sah dort hin, wo man ihren Namen gerufen hatte. Zwei Gesichter stachen ihr in die Augen wie vorher das grelle Licht, ein bärtiges Männergesicht und das pausbäckige, erschrockene eines Kindes. Sie erinnerte sich, sprang auf und stürzte mit freudigem Gewinsel auf die Gesichter zu. Ein ohrenbetäubendes Brüllen erklang, in das sich zahllose Pfiffe und eine

durchdringende Kinderstimme mischten. „Kaschtanka! Kaschtanka!“ Tjotka sprang über die Barriere, dann über irgendwessen Schultern, in eine Loge, über eine hohe Wand, von der sie abrutschte. Da gab man sie von Hand zu Hand weiter, sie leckte Finger und Gesichter, gelangte immer höher und höher und erreichte schließlich die Galerie.

Eine halbe Stunde später ging Kaschtanka auf der Straße hinter den Leuten her, die nach Leim und Lack rochen. Neben Luka Aleksandritsch schritt Fedjuschka einher, eine Mütze vom Vater auf dem Kopf. Kaschtanka blickte auf ihre Rücken, und ihr schien, sie gehe schon lange hinter ihnen her und freute

sich darüber, daß dieses Leben keinen Augenblick unterbrochen war. Das kleine Zimmer mit den schmutzigen Tapeten, der Ganter, Fjodor Timofeitsch – all das erschien ihr jetzt ein langer, verworrener schwerer Traum…